Nota para los padres y encargados:

Los libros de *Read-it!* Readers son para niños que se inician en el maravilloso camino de la lectura. Estos hermosos libros fomentan la adquisición de destrezas de lectura y el amor a los libros.

 El NIVEL MORADO presenta temas y objetos básicos con palabras de alta frecuencia y patrones de lenguaje sencillos.

 El NIVEL ROJO presenta temas conocidos con palabras comunes y oraciones de patrones repetitivos.

 El NIVEL AZUL presenta nuevas ideas con un vocabulario más amplio y una estructura gramatical más variada.

 El NIVEL AMARILLO presenta ideas más elevadas, un vocabulario extenso y una amplia variedad en la estructura de las oraciones.

 El NIVEL VERDE presenta ideas más complejas, un vocabulario más variado y estructuras del lenguaje más extensas.

 El NIVEL ANARANJADO presenta una amplia de ideas y conceptos con vocabulario más elevado y estructuras gramaticales complejas.

Al leerle un libro a su pequeño, hágalo con calma y pause a menudo para hablar acerca de las ilustraciones. Pídale que pase las páginas y que señale los dibujos y las palabras conocidas. No olvide volverle a leer los cuentos o las partes de los cuentos que más le gusten.

No hay una forma correcta o incorrecta de compartir un libro con los niños. Saque el tiempo para leer con su niña o niño y transmítale así el legado de la lectura.

Adria F. Klein, Ph.D.
Profesora emérita, California State University
San Bernardino, California

Editor: Christianne Jones
Page Production: Joe Anderson
Creative Director: Keith Griffin
Editorial Director: Carol Jones
Managing Editor: Catherine Neitge
Editorial Consultant: Mary Lindeen
The illustrations in this book were done in watercolor.
Translation and page production: Spanish Educational Publishing, Ltd.
Spanish project management: Jennifer Gillis/Haw River Editorial

First Spanish language edition published in 2007
First American edition published in 2006
Picture Window Books
A Capstone Imprint
151 Good Counsel Drive
P.O. Box 669
Mankato, MN 56002-0669
877-845-8392
www.capstonepub.com
Text copyright © 2006 by Jacklyn Williams
Illustration copyright © 2006 by Doug Cushman

Todos los libros de Picture Windows
se elaboran con papel que contiene por
lo menos 10% de residuo post-consumidor.

Library of Congress Cataloging-in-Publication Data
Williams, Jacklyn.
[Happy birthday, Gus! Spanish]
¡Feliz cumpleaños, Gus! / por Jacklyn Williams ; ilustrado por Doug Cushman ;
traducción, Patricia Abello.
p. cm. — (Read-it! readers en español)
Summary: Gus's mom sends him to karate camp for his birthday, but Gus and Beto have
to put up with Billy when they get there.
ISBN-13: 978-1-4048-2693-9 (hardcover)
ISBN-13: 978-1-4048-3015-8 (paperback)
[1. Birthdays—Fiction. 2. Karate—Fiction. 3. Camps—Fiction. 4. Interpersonal
relations—Fiction. 5. Hedgehogs—Fiction. 6. Spanish language materials.] I. Cushman,
Doug, ill. II. Abello, Patricia. III. Title. IV. Series.

PZ73.W566 2007
[E]—dc22   2006005758

pleaños, Gus!

por Jacklyn Williams
ilustrado por Doug Cushman

Traducción: Patricia Abello

Con agradecimientos especiales a nuestras asesoras:

Adria F. Klein, Ph.D.
Profesora emérita, California State University
San Bernardino, California

Susan Kesselring, M.A.
Alfabetizadora
Rosemount-Apple Valley-Eagan (Minnesota) School District

Picture Window Books
Minneapolis, Minnesota

—Faltan varios días para tu cumpleaños,
pero quiero que abras esta tarjeta hoy
—dijo la mamá de Gus.

Gus abrió la tarjeta y comenzó a leerla.

4

¡Feliz cumpleaños!
Éste es un regalo anticipado
de cumpleaños.
No es una bicicleta
ni una patineta.
¡Te inscribí en el campamento
de kárate!
Con amor, Mamá

P.D. Beto irá contigo.

Al día siguiente, Gus y Beto esperaban el
autobús desde temprano. Estaban muy
contentos de ir al campamento. Cuando por fin
llegó el autobús, Gus le dio las gracias a su
mamá por un regalo tan bueno. Se despidió
con un beso y se subió al autobús.

Gus le dijo adiós a su mamá con la mano.

—¡Que se diviertan! —exclamó la mamá
de Gus—. Nos vemos en cinco días.

Cuando llegaron al campamento,
el Sr. Can los estaba esperando.

—Bienvenidos —dijo con una venia.

Billy estaba detrás del Sr. Can.

—Sí, bienvenidos —dijo Billy con ironía.
Gus miró a Beto y sacudió la cabeza.

—Serán cinco días interminables
—dijo Gus.

El Sr. Can los llevó al comedor y les hizo
una venia.

—En la escuela soy el Director Can —dijo—.
Aquí, soy el Sensei Can. Sensei significa
maestro en japonés.

10

Sensei Can le entregó a cada uno un uniforme blanco y un cinturón blanco.

—Aquí tienen —dijo—. El uniforme se llama gi y el cinturón se llama obi.

Sensei Can tocó las palmas.

—Antes de nuestra primera clase de kárate,
tienen que hacer una promesa —dijo.

—Levanten la mano derecha y repitan
conmigo —dijo.

—Primero, prometo no usar el kárate cuando
estoy enojado. Segundo, prometo usar el
kárate sólo cuando estoy en clase.

Todos levantaron la mano derecha y repitieron la promesa.

Cuando Billy repitió la segunda parte de la promesa, deslizó la mano izquierda detrás de la espalda. Cruzó los dedos en señal de que mentía.

Después de hacer la promesa, todos practicaron sus movimientos. Dieron patadas, puños y bloquearon con los brazos. Terminaron sudando y muy cansados.

Todos recogieron sus cosas y se fueron
a las cabañas. —Recuerden su promesa
—dijo Sensei Can.

—Claro que sí —dijeron Gus y Beto. Billy
se quedó callado.

Al llegar a la cabaña, encontraron tres camas vacías una al lado de la otra.

—Oh, no —gruñó Gus—. ¡Billy dormirá al lado de nosotros!

Gus y Beto desocuparon su mochila y se
pusieron a extender su colchón.

—Así no se tiende una cama —dijo Billy—.
Les mostraré cómo se hace.

Billy levantó una pierna. —¡Jaiaaaaa! —gritó.
Antes de que Gus le recordara su promesa,
Billy le dio una patada al colchón. El colchón
salió volando y Billy también. Aterrizaron
hechos un lío.

A la mañana siguiente, Gus y Beto fueron
a pescar antes de la clase de kárate.

—Es fácil pescar con un palo —dijo Billy—.
Les mostraré el modo difícil.

Cuando un pez pasó nadando, Billy levantó
la mano y exclamó: —¡Jaiaaaaaa!
El pez se escapó y Billy gritó.

—No sabes cumplir una promesa, Billy
—dijo Beto.

Al día siguiente nadaron, dieron una caminata
y practicaron kárate. Esa noche, Gus tomó
su linterna y se fue a las duchas. La linterna
comenzó a titilar.

—Creo que se están acabando las pilas
—dijo Gus.

En ese momento, Billy salió de las duchas.

—Déjame ayudarte —dijo. Y con un grito
de kárate partió la linterna en dos. Las pilas
saltaron y le golpearon la cabeza.

—¡Ayayay! —exclamó sobándose la cabeza.

La última noche de campamento, se reunieron alrededor de la fogata. Sensei Can le entregó a cada uno un palo con un malvavisco en la punta. Billy agarró el palo de Gus.

—Tu palo es más largo que el mío —dijo—. Voy a acortarlo.

—¡Jaiaaaaa! —gritó Billy.

El palo se partió y el malvavisco terminó
aplastado contra el pecho de Billy.
Gus sacudió la cabeza.

A la mañana siguiente, Gus y Beto empacaron sus cosas. Gus suspiró.

—Se acabó el campamento. Cuando lleguemos a casa, será muy tarde para mi pastel de cumpleaños.

En ese momento sonó la campana.

—¡Llaman para el almuerzo!

—dijo Beto y salió corriendo al comedor.

Gus lo siguió lentamente.

Cuando Gus llegó al comedor, todos gritaron:
"¡SORPRESA!"

Gus miró a su alrededor. Había globos,
serpentinas y un gran pastel de chocolate.

—Antes de comer el pastel, tienes que apagar las velas —dijo Sensei Can. Cuando Gus iba a soplar, Billy lo interrumpió. —Déjame ayudarte —dijo.

—No —dijo Gus—. Si me ayudas, no se me cumplirá mi deseo.

Billy comenzó a darle puños al aire, tratando de formar viento para apagar las velas.

—¡CUIDADO! —gritó Gus. Pero ya era tarde. Billy aplastó el pastel, y la crema de chocolate le saltó a la cara. Sensei Can frunció el ceño.

—¿Crees que se te cumplió tu deseo?
—preguntó Beto.

—Creo que sí —dijo Gus.

—¡FELIZ CUMPLEAÑOS, GUS!
—exclamaron todos.

Más *Read-it!* Readers

Con ilustraciones vívidas y cuentos divertidos da gusto practicar la lectura. Busca más libros a tu nivel.

¡Feliz día de Gracias, Gus!
¡Feliz día de la Amistad, Gus!
¡Feliz Halloween, Gus!
¡Feliz Navidad, Gus!

En la red

FactHound ofrece un medio divertido y confiable de busca portales de la red relacionados con este libro. Nuestros expert investigan todos los portales que listamos en FactHound.

1. Visite *www.facthound.com*
2. Escriba este código:
   1404809570
3. Oprima el botón FETCH IT.

¡FactHound, su buscador de confianza, le dará una lista de los mejores portales!
www.picturewindowbooks.com